Rätselspaß mit deutschen Dichtern

Mit einem Nachwort
herausgegeben von Walter Hansen

Mit Illustrationen
von Ruth Botzenhardt

Deutscher Taschenbuch Verlag

Von Walter Hansen
sind im Deutschen Taschenbuch Verlag erschienen:
Das große Buch der Volkslieder (13934)
Alle Jahre wieder (13711)
Schaurig-schöne Balladen (13841)
Richard Wagner
Sein Leben in Bildern (34457)

Ausführliche Informationen über
unsere Autoren und Bücher
finden Sie auf unserer Website
www.dtv.de

MIX
Papier aus verantwortungsvollen Quellen
FSC® C019821
FSC
www.fsc.org

Originalausgabe 2011
Deutscher Taschenbuch Verlag GmbH & Co. KG,
München

Umschlagkonzept: Balk & Brumshagen
Umschlaggestaltung: Ruth Botzenhardt
Gesetzt aus der Janson Text
Satz: Karlheinz Hülser, Konstanz
Druck und Bindung: Druckerei C.H. Beck, Nördlingen
Gedruckt auf säurefreiem, chlorfrei gebleichtem Papier
Printed in Germany · ISBN 978-3-423-14061-4

Inhalt

I.

MENSCHLICHES

Ich weiß ein Rätsel, das kein Mensch ergründet
und dessen Aufschluß nie der Weise findet,
studier' er auch ein ganzes Leben aus;
und doch bringt jede Hebamm' es heraus.

Johann Peter Hebel

MENSCH

Seid so schlau
und nennt mir meinen Bau,
die Haustür liegt am breiten Weg,
es geht zu ihr nicht Pfad noch Steg.
Vier Tagelöcher offen stehn,
doch kann man nicht durch alle seh'n.
Der Erker hat zwei Fensterlein,
doch scheint die Sonne nie hinein.

Johann Peter Hebel

GESICHT – MUND
NASE – OHREN

Es sind zwei kleine Fensterlein
In einem großen Haus,
Da schaut die ganze Welt hinein,
Die ganze Welt heraus.

Ein Maler sitzet immer dort,
Kennt seine Kunst genau,
Malt alle Dinge fort und fort,
Weiß, schwarz, rot, grün und blau.

Ein Zaubrer ist's, das sag ich kühn:
Was faßt der Erde Schoß,
Das malt er auf ein Fleckchen hin,
Wie eine Erbse groß.

Auch was der Hausherr denkt und fleht,
malt er ans Fenster an,
Daß jeder, der vorübergeht,
Es deutlich sehen kann.

Und freut der Herr im Hause sich,
Und nimmt der Schmerz ihn ein,
Dann zeigen öfter Perlen sich
An beiden Fensterlein.

Und geht des Hauses Herr zur Ruh,
Nicht braucht er dann ein Licht;

Dann schlägt der Tod die Läden zu,
Und ach! das Fenster bricht.

Ignaz Franz Castelli

Kennst du den seltenen Kristall,
er deutet strahlend himmelwärts,
rund ist er wie das blaue All,
und seine Folie ist das Herz.
Es bricht aus ihm ein heilig Licht,
das ist der werten Folie Glanz;
wenn Lieb und Leiden dir's zerbricht,
zerfließet er in Strahlen ganz.

AUGE

Justinus Kerner

Es hat einen Rücken und kann nicht liegen,
Es hat zwei Flügel und kann nicht fliegen.
Es hat ein Bein und kann nicht stehen,
Es kann laufen und kann nicht gehen.

NASE

Zwei Schwestern kenn ich – kannst du es fassen? –
Die ganz genau zusammenpassen,
Jed' Werk gemeinsam tun
Und nachts zusammen ruhn.
Doch gilt's in kleinsten Fragen
Ja oder nein zu sagen,
Wirst jedesmal du sehn,
Daß die zwei Schwestern auseinander gehen.

Franz Brentano

LIPPEN

Die besten Freunde, die wir haben,
Sie kommen nur mit Schmerzen an,
Und was sie uns für Weh getan,
Ist fast so groß als ihre Gaben.
Und wenn sie wieder Abschied nehmen,
Muß man zu Schmerzen sich bequemen.

Johann Wolfgang von Goethe

ZAEHNE

Es sitzen zweiunddreißig Gesellchen
In einem kleinen Ställchen,

Sind lustig und munter,
Gehen auf und unter,
Und ein rot Mädchen dabei,
So sitzen sie schön in der Reih.

ZUNGE

Was für ein Schneider schafft,
ob Meister oder Junge,
aus voller Leibeskraft
mit nichts als einer Zunge?

Otto Sutermeister

AUFSCHNEIDER

Die Toren lassen mich selten ruhn;
der Weise gibt mir wenig zu tun.
Nur einfach hat mich der Biedermann,
doch doppelt der Falschheit und Arglist Gespann.
Mich faßt die Gerechtigkeit scharf ins Gesicht,
indem sie wäget auf ihrer Waage,
und dennoch dreschen alle Tage
viel Rechtsverdreher mit mir vor Gericht.

August Friedrich Ernst Langbein

ZUNGE

Nur durch Eins vernehmt ihr, was ich sage;
Zwei und Drei sind süß, doch ohne Frage
möchte ich nicht sie kosten alle Tage;
und die Eins-Zwei-Drei zusammen gar
möchte ich nicht ein einzig Mal im Jahr.

Otto Sutermeister

Die ersten Silben lärmen,
die dritte kann uns wärmen;
das ganze zittert,
von jedem Wort erschüttert.

Theodor Körner

Wir armen Dinger, die Not war groß,
Gingen den ganzen Sommer bloß,
Schafften im Winter erst Schuh uns an:
Doch keine Sohlen sind daran.

Der Jüngling und das Mädchen

Zwei kurze Laute sage mir:
Doch einzeln nicht – so spricht ein Tier!
Zusammen sprich sie hübsch geschwind:
Du liebst mich doch, mein süßes Kind?

Heinrich von Kleist

Sprich doch nicht ewig: Nein!
du schönes, sprödes Kind.
Laß nicht dein Ganzes sein,
was schon drei Viertel sind.

Friedrich Kind

Vom ersten bis zum letzten Atemzug
genießest du's und hast noch nicht genug;
denn grade noch nach deines Leibes Sterben
möchtest du erst es recht und voll erwerben.
Doch was ihm erst die Menschenwürde leiht
für diese Zeit und für die Ewigkeit,

den Preis, den Punkt aufs i, den höchsten Sinn,
zeigt es dir erst mit einem i darin.

Otto Sutermeister

Ablaut der Liebe

Hast du die erste, wird sie dich bedrücken.
Dich zu befreien, mag der zweiten glücken.
Die dritte hast du, wieder dich zu bücken,
bis du erliegst unendlichem Berücken.

Karl Kraus

Mit A verlangsamt's unsern Lauf,
mit E will's daß wir an die Schritt uns halten.
Lockt es mit I, heißt's: Augen auf!
Mit O gibt es uns preis des Zufalls Walten.
Verlocket es mit U,
dann heißt es: Augen zu!

Franz Brentano

Aller Orthographie zum Schrecken
wird jetzt der Rätsel Verwegenstes laut.
Mutwillig will es den Leser necken,
daß die Kritik ihren Ohren nicht traut.

Die erste der Silben mit Zaubergewalten
gürtet um Geister das magische Band;
doch nur ein Abglanz von fernen Gestalten,
lebt sie allein in der Träume Land.

Heimlich im grünenden Laube zu blühen,
ist im Frühling der zweiten Los;
wenn die Schwalben des Spätjahrs ziehen,
bringt sie hervor sich aus dunklem Schoß.

Aber mit heißem Liebesverlangen
schimmert des ganzen göttlicher Sinn,
glühend im Schaume der Meerflut empfangen,
aller Könige Königin.

Theodor Körner

Noch sitzt auf halb verfallnem Throne,
Noch hält die längst bestrittne Krone
Die alte Königin der Welt.
Ob sie wohl je vom Throne fällt?

Vielleicht. Doch liest du sie von hinten,
So wirst du einen König finden,
Der herrscht, seitdem die Welt besteht,
Des Reich nur mit der Welt vergeht!
Sie schießt nicht ewig Donnerkeile,
Doch ewig treffen *seine* Pfeile!

Wilhelm Hauff

Von dem Feuer, Wasser, Luft, werd zugleich ich zubereitet,
zu dem Lieben von Natur angefrischet und geleitet.
Niemals währ ich lang genug, ob ich lange schon gewähret,
denn je mehr man mich geneußt, desto mehr man mich begehret.

Christian Hofmann von Hofmannswaldau

Aus einem schön gezierten Häuschen
Nehm' ich ein Schätzchen mir heraus.
Wenn ich's erfaß' mit eigner Hand,

Es selten nur sich mir entwandt.
Sie ist so schlank, so rund, so braun,
Ich kann ihr Alles anvertrau'n,
Denn was ihr meine Lippe gab,
Verbirgt sie schweigend wie das Grab.
An meine Lippen drück' ich sie
So viele Mal, sie sträubt sich nie;
Und küß' ich sie, glüht sie für mich,
Sie gibt sich ganz, sie opfert sich.
Zwar wird sie meiner Liebe Raub,
Doch lieb' ich sie bis in den Staub.
Und ist sie tot, schnell fang ich dann
Mit einer ihrer Schwestern an.

Karl May

Reihenfolge

Wie geht's verkehrt doch bei des Lebens Tanze
und dennoch folgerichtig her:
Da sie das erste war, war sie das Ganze;
als zweites ist sie's längst nicht mehr.

Karl Kraus

Ich bin an Heiratgaben reich,
doch nimmst du mit, so töt ich gleich.

Friedrich Haug

Was wieget und waget,
Hat Laub getraget,
Trägt keines mehr.
Trägt Leib und Seele?

Mein Ganzes zählet nur drei Lettern,
und vor- und rückwärts ist es gleich;
es kann verteufeln, kann vergöttern,
ist Hölle bald, bald Himmelreich;
du findest es in allen Zonen,
in Süd und Nord, in Ost und West;
in Bauernhütten und auf Thronen
beginnt's mit einem Freudenfest. –
Du sinnst? – Vernimm das Wörtchen, ehe
dein reger Scharfsinn es entdeckt;
doch rätst du's nun nicht, so gestehe:
Das Rätsel hat mich recht geneckt.

Karl Friedrich Müchler

Reizend sind der Liebe Freuden,
wenn sie Gegenlieb entzückt;
dann erst bist du zu beneiden,
wenn das ganze dich beglückt.

Traust du aber äußerm Glanze,
bauest du auf Sand dein Glück,
und ein Zeichen vor das ganze
– ach! – bezeichnet dein Geschick.

Theodor Körner

Ich bin für dich, du bist für mich
aus gleichem Stoff geboren;
doch öffnet dir mein Innres sich,
so geht mein Zweck verloren.

Vermeßner Gier kann ich allein,
von dir geschieden, wehren;
doch, wer durch mich will friedlich sein,
kann nimmer dich entbehren.

Am meisten taugen wir nur dann,
wenn wir nicht stets uns sehen,
auch hierin ähnlich Weib und Mann,
in manchen andern Ehen.

Oft will zu falscher Buhler Gunst
die Bosheit mich verführen,
und muß für solche freie Kunst
den lichten Galgen zieren.

Figürlich hat der Leser mich
in jeden Rätsels fragen;
denn will er's lösen, muß er dich
in seinem Kopfe tragen.

Ignaz Franz Castelli

Kennst du das Wort, das Herzen mächtig bindet?
Kennst du der Liebe trauliches Symbol?
Das feste Band, das sich um Freunde windet,
Des Fürsten Heil, des Vaterlandes Wohl?

An Stärke muß ihm Stahl und Eisen weichen;
Doch hat es einen mächtgen, stillen Feind;
Streichst du des hohen Wortes erstes Zeichen,
Hast du die finstre Macht, die ich gemeint.

Solang die Welt steht, liegen diese beiden
Im Kampf um höchstes Leid und höchste Lust;

Halt fest am Ganzen, laß sie nimmer streiten
in deiner stillen und zufriednen Brust.

Wilhelm Hauff

Schwörst du's in der Hitze,
magst du dich fragen:
wird's ohne Spitze
nicht an dir nagen?

Franz Brentano

Wenn Frühlingswonne, neu geboren,
Des Herzens tiefsten Sinn entzückt,
Steh ich vom Wechseltanz der Horen
Als Blumenkönigin geschmückt;
Und schöne Mädchen winden mich zu Kränzen,
Als Schmuck auf ihrer Locken Gold zu glänzen.

Wird vorgesetzt das letzte Zeichen,
Als Götterknaben schaust du mich;
Zeus muß sich meinem Willen beugen,
Ich quäle, ich beglücke dich;

Aus meinen Händen fallen dir die Lose,
Doch ohne Dornen reich ist keine Rose.

Theodor Körner

Mancher hat's am Stiefel. Mädchen wohlgemut
lieben's vor dem Busen. Beiden steht es gut.

Johann Peter Hebel

Das erste hat schon mancher klug gesagt,
Wenn sich das Herz in wilder Sehnsucht trennte.
's ist gut gemeint; nur wo die Liebe klagt,
Da möchte ich's nicht, wenn ich's auch könnte.

Das zweite ist ein kleines, kleines Wort;
Doch haben wir von seiner Stärke Proben.
Es tauchte Welten tief in Kampf und Mord;
Den Liebenden hat es zum Gott erhoben.

Das dritte Wort – wem auf sein heißes Flehn
Des Schicksals Mund dies zur Entscheidung sagte,
Dem wäre besser, hätt er nie gesehn,
Wie blütenreich der Hoffnungsmorgen tagte.

Das Ganze ist der Treue stilles Pfand,
Wonach sich manches Jünglings Sehnsucht bückte.
O dreimal glücklich, wem der Liebe Hand
Zu schöner Deutung seine Blüten pflückte.

Theodor Körner

Sie reiste nach Welschland, der Kutscher rief: ho!
Ich gab ihr's Geleite bis an den Po;
da rief ich: o weh! daß ich scheiden muß!
Sie gab mir zum Abschied den süßesten Kuß;
wir schworen uns Treue bis an den Tod;
die Treue erreicht' nicht das Morgenrot;
denn als sie drüben war über dem Fluß,
erfreut' sich ein andrer an ihrem Kuß.
Was ich euch einzeln hier niederschrieb,
das trieb im Ganzen mit mir die Lieb'.

Gustav Theodor Fechner

Das erste gibt mir Lust genug,
das zweite aber, das macht klug.

Johann Wolfgang von Goethe

In schönster Bäume Schatten,
Da sitzen drei Schwestern hold.
Vom blauen Himmel kommt ein Wind,
Der schüttelt von dem Baum geschwind
Einen Apfel, schön wie Gold.
Der Apfel fällt der Jüngsten
Grad in den Schoß hinein;
Wie süßt er duftet, wie er lacht;
Sie freut sich an des Apfels Pracht,
An seines Goldes Schein.
Sie spielet mit dem Apfel,
Bis ihr das Spiel dünkt lang;
Wirft dann der zweiten von den drei'n
Ihn zu, die zieht ein Messerlein
Aus ihrem Busen blank.
Sie schneidet mit dem Messer
Den Apfel gar entzwei;
Nichts kümmert sie die äußre Pracht,
Nur auf das Innre hat sie acht,
Wie es beschaffen sei;
Sie sieht nach seinen Kernen,
Sie wägt ihn mit der Hand,
Beschaut den ganzen innern Bau,
Und ruht nicht eh', bis sie genau
Das Kleinste drin erkannt.
Nun hat sie es ergründet,
Da spricht sie allerletzt:
»Hab jetzt nichts mehr damit zu schaffen,

Was hälf's, ihn müßig zu begaffen,
Nimm du ihn, Schwester, jetzt.«
Die dritte nimmt den Apfel,
Sie löst die Kerne aus
Und steckt sie in das Gartenland,
Wohl manches Unkraut, das da stand,
Zieht sie zuvor heraus.
Da lüstern naht ein Knabe,
Dem reicht die Frucht sie hin
Und spricht: »Teil sie mit deinen Brüdern,
Der Kerne Saat wird dir's erwidern
Einst reichlich mit Gewinn.«

Gustav Theodor Fechner

Wer wie die erste steht, ist zu beneiden;
der zweiten Ruhm begehren wohl fast alle;
hat wer das ganze, hofft man, daß er falle,
und bis dahin sucht jeder ihn zu meiden.

Friedrich Schleiermacher

Eins schützt dich vor dem Feind,
Zwei-Drei birgt jede Stadt;

an Eins-Zwei-Drei vereint
lachst du dich herzlich satt.

Otto Sutermeister

Vers bin ich zur Hälfte,
Zur Hälfte nur Tand.
Errätst du mein Ganzes,
So hast du Verstand.

Friedrich Haug

Wenn feindlich des Geschickes Streben
in Sturmesnacht dein Dasein hüllt
und freudenleer dein innres Leben
in bittern Wermutstränen quillt,
kein Freund, dich liebend zu erheben,
dir reicht der Hoffnung lächelnd Bild:
Da nagt mit allen seinen Schmerzen
das erste dir am wunden Herzen.

Und wenn beim schnellen Schicksalswalten
die lächelnd oder schreckenden Gestalten

dir Freude oder Schmerz entfalten,
rufst du mit Jubel oder Graus
das zweite unwillkürlich aus.

Wird ich gefragt, ob dir des ersten Wüten
zerstören soll des Glückes Blüten,
ob dir aus halbgebrochnem Herzen
das zweit' enttönen soll bei Schmerzen?
So mahnt mich treuer Freundschafts Pflicht
zu sagen, wie die dritte spricht.

Wo mild des Ganzen Himmelszauber leuchten,
da wandelt Haß und Zwietracht sich in Liebe,
in Licht und Wahrheit wandelt sich die Trübe,
wenn Glück und Leben sich im Kampfe beugten;
ach mög' es Fürsten, Völker stets umschweben,
dann leuchtet ungetrübt ein lichtes Erdenleben.

Friedrich von Klotz

Ich sitze oft in mir,
um meiner selbst zu pflegen
und bin dann um mich selbst
recht herzlich oft verlegen.

Friedrich Schleiermacher

Ich weiß ein hohes, schönes Schloß,
Drin wohnt ein mächtiger König,
Der hat ein schnelles Flügelroß,
Das kümmert die Weite wenig.

Bald braust es hin wie Wetterstrahl,
Bald geht es langsam am Zügel;
Fünf Tore führen zum Königssaal,
Davon hat jedes zwei Flügel.

Durchs erste Tor bringt man hinein
Dem König die köstlichsten Gaben,
Was schön von Formen oder Schein,
das will der König haben.

Durchs zweite Tor ziehn ein ins Schloß
Der Sänger und Spieler gar viele,
Wenn ab der König stieg vom Roß,
So freut er sich am Spiele.

Durchs dritte Tor hinaus man sieht
In einen schönen Garten,
Wo manche Blume duftend blüht,
Dem König aufzuwarten.

Ein zweiter Garten ist noch nah,
Wo süße Früchte hangen;

Das vierte Tor ist dazu da,
Daß sie ins Schloß gelangen.

Zehn Ritter stehn am fünften Tor,
Je fünf auf jeder Seite,
Die schickt der König oft hervor,
Bald friedlich, bald zum Streite.

Die Ritter zu der rechten Hand
Sind tapfrer als die linken,
Die werden meistens nur gesandt,
Wenn jene etwas hinken.

Geöffnet sind den ganzen Tag
Die Tore all des Schlosses,
Bis abends müd darniederlag
Der Herr des Flügelrosses.

Nach mir, der unschätzbarsten Gabe
Wohl von der Wiege bis zum Grabe,
Steigt doch bei dem kein Wunsch empor,
Der mich nicht hat, der mich verlor.

Friedrich Haug

II.

HÄUSLICHES

Ein Haus voll Essen
Und die Tür vergessen.

Rund und klein
Fünf Schwesterlein
Im engen Haus,
Sie müssen heraus
In Wassersflut:
Gesotten
Schmecken sie gut.

Dem Beil entronnen, aufs neue bedrängt,
gebunden, ins Wasser geworfen, gehängt –

wer leidet so grause Martersitten
und ist doch bei Tische wohlgelitten?

Otto Sutermeister

Oft kriecht darüber eine Laus,
oft heißt sie durstig sehr;
doch schneidest du das Herz ihr aus,
dann ist sie völlig leer.

Otto Sutermeister

Ihr lieben Leut'
Was dies bedeu't:
Hat sieben Häut',
Beißt alle Leut'.

Mich pflanzt und pflegt der Bauer;
Jeder kocht mich, wie's ihm gefällt,

Bald süß, bald sauer.
Ich bin bald grün, bald rot:
Der Hase liebt mich bis zum Tod.

In allen Farben bringt man ihn
auf unseren Tisch, rot, weiß und grün.
Sowie mit Blumen auch verbunden
und Rosen, er uns pflegt zu munden.
Doch ist der Redner nicht beliebt,
der mündlich ihn zum besten gibt.

Paul Heyse

Die erste Silbe frißt,
die andre Silbe ißt,
die dritte wird gefressen,
das Ganze wird gegessen.

Gustav Theodor Fechner

Ich bin am dunkelsten, wenn es am hellsten ist,
Am wärmsten, wenn es am kältesten ist,
Am kältesten, wenn es am wärmsten ist.

Mein ganzes prangt mit Vögeln, Fischen
und andern Dingen auf den Tischen.
Veränderst du der Silben Stand,
so ist's als Karte dir bekannt.

Theodor Körner

Der arme Tropf
Hat keinen Kopf,
Das arme Weib
hat keinen Leib.
Die arme Kleine
Hat keine Beine;
Sie ist ein langer Darm,
Doch schlingt sie einen Arm
Bedächtig in den andern ein:
Was mag das für ein Weibchen sein?

Johann Peter Hebel

Oben spitzig, unten breit,
durch und durch von Süßigkeit.
Weiß vom Leibe, blau vom Kleide,
zarter Mäuler liebe Freude,
gut zum Tranke, gut zur Speis'
es zerschmilzt wie Schnee und Eis.
Mäßig dienet es bei allen.
Übermäßig wird's zur Gallen.
(Es bestehet jede Freud'
in der rechten Mäßigkeit.)
Die mir dies weiß aufzugraben,
soll's zur kalten Schale haben.

Georg Greflinger

Wer frevelnd die Gesetze bricht,
Dem droht ein strafendes Gericht.
Wer kann nun ein Gesetzbuch nennen,
Das mit Gerichten lohnt, die sich zu ihm bekennen?
Kluge Frauen schreiben's,
Brave Mädchen treiben's.

Arabien ist mein Vaterland,
In Deutschland werd ich braungebrannt,
In einer Mühle klein gemahlen,
Dann fühl ich heiße Wasserqualen,
Zuletzt gießt man noch Milch mir zu,
Trinkt mich und raucht Tabak dazu.

Johann Peter Hebel

Zwei Schwestern, einst zugleich geboren,
Sind sich an Stoff und Farbe gleich,
Sie haben gleichen Dienst erkoren
In der Berufe weitem Reich.

Doch wie verschieden ist ihr Streben!
Die Eine nennt sich Oberin,
Genuß und Hochmut ist ihr Leben,
Stolz schaut sie auf die Andre hin.

Demütig liegt die ihr zu Füßen,
Demütig harrend spät und früh;
Doch von dem Fetten und dem Süßen
Gibt's Tröpfchen, Brötchen nur für sie.

Auffordernd stemmt sie in die Seite
In keckem Übermut den Arm,

Und stellt sich wie ein Held zum Streite.
Die Nied're schaut es voller Harm.

Man ehrt sie gar mit einer Krone,
Wenn man ihr Köstliches vertraut;
Da steht sie, stolz wie auf dem Throne,
Wohl eine schöne Königsbraut.

Doch kommt der Hochmut leicht zu Falle,
Es bricht der Arm, die Krone fällt,
Ja in dem täglichen Kravalle
Wird gar die Heldin selbst zerschellt.

Die Schwester ist von festrer Dauer,
Sie wandert ganz allein nun fort,
Und nach der ersten tiefen Trauer
Wagt sie nun auch ein eignes Wort.

Sie nimmt und träget, deckt und speiset
Und wirkt im Dienst der Menschheit treu;
Wenn sie auch die Verlass'ne heißet,
Zur Geltung kommt sie jetzt auf's Neu.

Doch fühlt sie immer sich alleine,
Wie sehr sie auch gesucht mag sein,
Mir scheint es, daß sie still beweine
Das schöne, stolze Schwesterlein.

Karl May

Hundert kleine Kügelchen
hängen im Sonnenscheine,
jedes ist ein Krügelchen
voll von süßem Weine.
Und nun rat, mein Klügelchen,
was ich da wohl meine.

Friedrich Güll

Das erste glüht die Sonne, wo ward es mild und zart,
das zweite glüht' im Feuer und wurde spröd und hart;
das ganze faßt, was neue Glut
ergießt in euer Blut.

Womit schon manch ein Mann geschwind
sich großen Reichtum hat erhandelt,
damit hat manch ein armes Kind
schon harte Herzen umgewandelt.

Otto Sutermeister

Sommers sieht mich keiner an,
Winters liebt mich jedermann.

Sitzt ein Männchen auf dem Dach,
Raucht ein Pfeifchen Rauchtabak.

Ich bin schon lange fertig,
heut aber erst gemacht.
Ein jeder hat mich gerne,
wenn's kommt um Mitternacht.

Ich labe Müd' und Kranke
und stille Gram und Leid.
Doch mag mich niemand hüten,
hätt' er dazu auch Zeit.

Gar mancher preist sich glücklich,
wenn er nur eins erwirbt:
Daß er auf mir hienieden
in Ruh' und Frieden stirbt.

Hoffmann von Fallersleben

Verfertigt ist's vor langer Zeit,
doch mehrenteils gemacht erst heut.
Sehr schätzbar ist es seinem Herrn,
und dennoch hütet's niemand gern.

Gottfried August Bürger

Der strenge Mahner

Er spricht,
wenn alle Stimmen schweigen,
um unerbittlich dir den Weg der Pflicht
zu zeigen.
Oft hat dich aus wüstem Traum gerissen.
Doch das Gewissen,
das ist er nicht.

Robert Franz Arnold

Muß Tag und Nacht auf Wache stehn,
Hat keine Füße und muß doch gehen,
Hat keine Hände und muß doch schlagen. –
Wer kann mir dieses Rätsel sagen?

Ich habe keine Füße
Und geh doch auf und ab
Und beiß mich immer tiefer ein,
bis ich mich durchgebissen hab.

Welche Uhr ist gut gemacht,
Aber nützt nichts in der Nacht?

Neu und alt

Ich weiß ein Wort,
dem nimm den Kopf
vom Halse fort
und häng ihn dreist
an seine Bein',
dem Worte wird's
kein Schade sein.
Es wird zerstückt
nicht umgebracht,
nur so geflickt,
antik gemacht.

Carl Töpfer

Ich schäme mich, meinen großen Rachen
Wie einen Schnabel aufzumachen.
Leder, Leinwand und Papier,
Alles fress' ich mit Begier.
Mich braucht Gelahrt und Ungelahrt;
Rat es recht,
Oder ich beiße dich in den Bart.

Hier fährt's ins Heu und noch in Schlimmers,
dort trägt's der Tisch des Speisezimmers;
hier thront es auf dem Hirschgeweih,
dort intoniert's die Melodei.

Otto Sutermeister

Ich mag mich wie ich will vor dir
Links oder rechts hin drehen,
Folgt deine Hand getreulich mir,
So mußt du grade gehen.

Welch ein Geschöpfchen!
Wie auch geboren,
nie wachsen Ohren
ihm an dem Köpfchen.
Es klingt wie ein Märchen:
hat es ein Öhrchen,
hat es kein Köpfchen;
hat es Köpfchen,
hat es kein Öhrchen.
Das arme Tröpfchen!

Franz Brentano

Ich helfe Kisten laden,
Doch mach ich auch Scharaden.

Johann Peter Hebel

Was bewegt man, um Fische zu fangen
und um in die Stube zu gelangen?

Friedrich Rückert

Stets sind wir unser zwei
Und auch einander so getreu,
Daß man uns nicht leicht trennen kann;
Auch denkt der Mensch nicht leicht daran.
Wir sind ihm öfters sehr beschwerlich,
Jedoch auf Reisen unentbehrlich.

Mein Körper ist von Holz,
sehr leicht zu brechen,
Mein Herz kann ohne Stimme
mit euch sprechen.

Johann Peter Hebel

Klugen bin ich über alles, Narren dien ich nicht gar viel.
Keiner, der mich kann entbehren, der viel lern– und wissen will.
Mich deckt eines Tieres Haut. Hat mein Vater was verbrochen,
wird mit Feuer es an mir, aber nicht an ihm gerochen.

Christian Hofmann von Hofmannswaldau

So schlimm hat nie der dümmste Tropf
die Welt gestellt auf ihren Kopf
wie dies gelehrte Ungeheuer;
es stellt die Betten vor das Haus,
das Haus selbst vor die Tür hinaus,
die Krippe vor die Ochsenscheuer.

Es kommt vor Zank und Zorn zur Welt,
es kommt vor Schreck und Graus zu Geld,
jedoch durch Geld und Gut zu Sorgen!
Vor Tag beginnt sein Abendschmaus,
zwar kommt es stets vor Nacht zu Haus
doch kommt ihm nie der Schlaf vor Morgen.

Es hat den Juli nach August,
den Herbst lang vor des Sommers Lust,
den Sommer vor der Sonnenwende;
erst nach der Tat bedenkt's den Zweck,
erst nach dem Tod hat's Todesschreck,
doch lange vor dem Tod ein Ende.

Otto Sutermeister

Das nenn' ich doch ein seltsam Wesen!
Kann selber keine Zeile lesen

Und zeigt sie doch mir altem Mann
Ganz ordentlich und deutlich an.

In welchem Zelt,
In welchem Teil der Welt
Logiert der König und die Sau
Im Bett mitsamt des Königs Frau?

Johann Peter Hebel

Es ist ein Ding von Elfenbein,
Verzehrt den Müller samt Mühlenstein,
Haus, Hof und den Bauern obendrein.

Du stürzest uns frohlockend nieder
Wir leiden auch dabei nicht viel:
Denn schnell erhebest du uns wieder,
Und unser Fall wird dir ein Spiel.

Ein Schachbrett, welchem Turm und König fehlt,
ein Labyrinth, drin man sich gerne quält,
ein Spiel, bei dem man selten nur gewinnt,
ein Wissensquell, der häufig trübe rinnt,
ein kunterbuntes Wirrsal und dabei
doch immer wohlbekanntes Einerlei –
hast du noch nicht genug an diesen Daten,
so sei verwünscht, es lebenslang zu raten!

Robert Franz Arnold

Wer mich nennt,
macht mir schon ein End'.

Otto Sutermeister

Wer möchten die kleinen Leutlein wohl sein
mit dickem Kopf und dickem Bein,
doch einem Leib, ach, fadendünn?
In den größten Köpfen ist nichts drin,
auch fußlos siehst du einzelne stehn;
doch wenn sie hintereinander gehen,

bekommt gleich Füße das ganze Heer,
je rascher sie laufen, desto mehr.

Gustav Theodor Fechner

Eine Mutter, die man benennt
nicht anders als ihre Söhne;
in einfacher Zahl: ein Instrument,
und in vielfacher: Töne.

Friedrich Rückert

An deines Mundes doppeltem Zaune
mich hin und her zu treiben ist meine Laune,
und fehlen Geigen und Pfeifen, mach ich die ganze
Musik allein zum lustigen, ländlichen Tanze.

Friedrich Güll

Mein Kopf ist klein, mein Hals ist lang
und groß mein Rumpf; zu Sprung und Gang

taugt aber nicht mein dünner Fuß,
weshalb man stets mich tragen muß.
Gestreichelt in die Kreuz und quer,
schnarch ich und brumm ich wie ein Bär.
Kann dann auch aus dem ff singen,
daß mir die Sehnen fast zerspringen.
Doch zahnlos, kann ich niemand beißen:
Nun rat, wie mich die Leute heißen.

Friedrich Güll

Gelehrte Finger, guter Wind
Sind Dinge, die mir nötig sind;
Dann spitz den Mund und nimm mich vor,
Und spitz ein anderer das Ohr.

Wenn dein Finger auf der ersten meistert,
schwelgt in Harmonie der trunkne Sinn,
und der Seele zweite trägt begeistert
mich zu bessren Welten hin.

Theodor Körner

III.

NATÜRLICHES

Vorne wie ein Kamm,
Mitten wie ein Lamm,
Hinten wie eine Sichel,
Rat, mein lieber Michel.

Mit einer Silb ist's abgetan;
Was ist es? Flügel hat's am Leib.
Mit einem a ist es ein Mann,
Mit einem u desselben Weib.

Einen sah ich wie den Wind
Rennen durch die Wüsten;
Einen sah ich an der Brust
Sich des Liebchens brüsten;

Einen werd ich keck bestehn,
Wen danach wird lüsten.

Friedrich Rückert

Witschel watschel geht über die Brücken,
Trägt dem König sein Bett auf dem Rücken.

Der Schwan ist mein Herr Vetter
Und meine Base die Gans,
nur sind sie größer und fetter,
und ich habe kürzeren Schwanz.
Auch flieg ich mit der Zeitung
Als Sage bald hin und her,
und schwimm durch besondere Leitung
sogar oft über das Meer.

Friedrich Güll

Es geht ein Mann im Grase,
Hat eine lange Nase,

Hat rote Stiefel an
Und dreht sich wie ein Edelmann.

Welche Vögel – es kennt sie ein jeder –
Haben weder Schnabel noch Feder?
Hör ich den ersten, so schauert es mich;
Hör ich den zweiten, so dauert er mich;
Aber öffnet der dritte den Mund,
lacht sich ein Kranker schier gesund.

Otto Sutermeister

In eine lichte Rotunda schaut
wohl auf mein staunender Blick,
vor Adams Erzeugung ward sie schon gebaut,
dies künstliche Meisterstück.
Seine Säulen sind nicht von Marmor, von Holz,
von keinem Metalle; noch schwebet es stolz
in freier Windung, trotz furchtbaren Gewalten,
sich selber vermögend im Sturme zu halten.
Wer mißt sein Gebälke, wer zählet die Menge
der luftigen Zellen, der schwebenden Gänge!
In der Mitt eine waltende Göttin wohnt,

in strahlender Mitte die Göttin thront.
Nun meldet die Kunde:
wie heißt die Rotunde?
Sie ist nicht des Himmels lasurner Bogen,
der sich spiegelt, und bricht in des Meeres Wogen,
eine Mördergrub meine Rotunda ist,
wo den Prilgrim zu ihr die Göttin frißt.

Johann Peter Hebel

Sie steht im Wald und zittert stets
und weiß doch nicht, warum und wie;
kommt nun ein W gar über sie,
dann an ein Taumeln, Schwirren geht's
und an ein Stechen, an ein Naschen
an reifen Früchten, süßen Flaschen,
so ungestüm und unerhört,
daß man sich kaum der eignen Haut erwehrt.

Otto Sutermeister

Was für ein Armer wird gehängt,
damit er einen andern fängt?

Otto Sutermeister

Das erste rauscht vom Wind bewegt,
Wenn's zweite sich im Sumpfe regt.
Das ganze schreit und ist nicht still,
Wenn sich das Wetter ändern will.

Alle Tage geh ich aus,
Bleibe dennoch stets zu Haus.

Ich habe einen Kopf und vier gesunde Beine;
Und, wenn du mich oft siehst, erscheine
Ich ohne Kopf und ohne Beine,
Ein wahrer Knäul: Rührst du mich an,
So ist dein Finger übel dran.

Unser kleiner dicker Knecht
Geht im Acker und ackert recht,
Ohne Egg' und ohne Pflug:
Wer's errät, der ist klug.

Wie bin ich doch so eigner Art,
bin eine Frau und habe einen Bart,
hab weißes Haar, so jung ich bin,
in meinem Kopf ist wenig drin.
Doch auf dem Kopf ist desto mehr,
das dienet mir zu Schutz und Wehr;
und machst du mich zur Gärtnerin,
bleibt wenig Kohl im Garten drin.
Und schlägst du mich, so hüte dich,
ich wehr mich.

Robert Reinick

Es stellt als Frucht das erste Paar,
Als Pflanze sich das andre dar.
Doch wenn ihr beide wollt verbinden,
So wird alsbald ein Tier sich finden.

Gustav Theodor Fechner

Weich bin ich schwarz, schwarz bin ich hart,
doch ist das Harte doppelt;
weich hab ich manchen Schatz verscharrt,
hart geh ich oft gekoppelt.

Weich nennen neben Galgenstrick
und gleicher Brut mich alle;
und doch rühmt jeder dessen Glück,
der hart mich führt zum Stalle.

Friedrich Rückert

Es ritt ein Männchen über Land,
Gewickelt und gewackelt,
Hatt' ein Kleid von lauter Tand,
Gezickelt und gezackelt.

Möcht' wohl wissen, wer das ist,
der immer mit zwei Löffeln frißt.

Im Lenz erquick' ich dich,
Im Sommer kühl' ich dich,
Im Herbst ernähr' ich dich,
Im Winter wärm' ich dich.

Hoch wie ein Haus,
Klein wie eine Maus,
Stachlig wie ein Igel,
Glänzend wie ein Spiegel.

Ich lieg im Turm mit manchem Zimmer
Und werde drin zum braunen Mohr,
Und nie schau ich des Tages Schimmer,
Sprengt nicht ein schneidend Schwert das Tor.
War dort mein Kerker klein und enge,
Doch wünscht ich noch ein finstrer Haus;
Dort grab ich unterirdsche Gänge
Und komm als grüner Zweig heraus.
Bald streckt der Zweig sich in die Länge,
Am Ende wird ein Riese draus.

Friedrich Kind

Erst weiß wie Schnee,
Dann grün wie Klee,
Dann rot wie Blut,
Schmeckt allen Kindern gut.

Es ist der Name einer Frucht,
die zwar dem Gaumen wohl behagt;
doch, wo sie sich dem Ohr vereint,
da wird darüber nur geklagt.
Und wer sich die gefallen läßt,
der ist das, was der Name sagt.

Friedrich Rückert

Es brennt ums Haus
Und brennt doch kein Loch daraus.

Als Blume riecht es fein,
Als Krankheit macht es Pein;
Sag, was soll das sein?

Den freien Mann, der im Gemüte,
fehlt ihm auch Helm und Wappenzier,
den Stempel trägt erlauchter Güte,
benennt mein Wort, mein erstes, dir.

Mein zweites leuchtet farblos helle,
wo Busch und Baum in Blüte stehn;
doch ist es aller Farben Quelle,
der Abgrund, drin sie untergehn.

Mein ganzes winkt von steiler Firne
in makellosem Samtgewand,
und prangt im Kranz der Alpendirne
als unerschrockner Liebe Pfand.

Emanuel Geibel

Die erste möchte ich eine Hülle heißen,
die die Natur, die ruhende, bedeckt,
nur Letos Sohn vermag sie zu zerreißen,
wenn er des Frühlings ersten Morgen weckt;
die Berge liebt sie und die steilen Felsen,
wo sie der Sonne Strahlen nicht zerschmelzen.

Die letzten nicht auf hohen Bergen weilen,
doch ziehn auch sie des Äthers reine Luft,
sie rufen zu des Tempels alten Säulen,
Verblichene geleiten sie zur Gruft,
das frohe Brautpaar zu des Priesters Segen,
Verbrecher dem Gericht entgegen.

Das Ganze keimt aus kaum enthüllter Erde,
es windet aus der ersten sich herauf,
daß es des Frühlings schöner Bote werde,
bescheiden, lieblich, duftend blüht es auf;
doch schnell vergeht's, wie jedes sanfte Schöne,
im Auge bleibt die sehnsuchtsvolle Träne.

August von Platen

Die erste seht ihr nur im Winterkleide,
die zweit und dritte liefert uns Getreide,
das ganze ist ein Kind der grünen Heide.

Johann Peter Hebel

Zwei Eimer sieht man ab und auf
in einem Brunnen steigen,
und schwebt der eine voll herauf,
muß sich der andre neigen.
Sie wandern rastlos hin und her,
abwechselnd voll und wieder leer,
und bringst du diesen an den Mund,
hängt jener in dem tiefsten Grund;

nie können sie mit ihren Gaben
in gleichem Augenblick dich laben.

Auf finsterm Fittich komm ich geflogen,
berausche die Sinne mit trüglichem Traum,
und von des Gesetzes Urkraft gezogen,
schweb ich schnell durch der Welten Raum.
Es treibt mich, das ewige Licht zu erjagen,
und wer ich bin, wird die erste dir sagen.

Im dunkeln Laube ward ich geboren,
die strahlende Sonne hat mich gezeugt,
und schnell ist der Traum des Daseins verloren,
wenn mich der Blick der Mutter erreicht.
Im Dunkeln nur kann ich fest mich begründen;
mich werden die letzten Silben verkünden.

Bewegt von des Abends schmeichelnden Lüften,
steh ich im Garten, die Blüte gesenkt.
Ich küsse die Nacht mit balsamischen Düften,
die mich mit stiller Liebe umfängt;
doch glänz ich nimmer im farbigen Kranze.
Kennst du mein still bescheidenes Ganze?

Theodor Körner

IV.

ELEMENTARES

Kein Gold, kein Silber kann heller,
kein Vogel in Lüften kann schneller,
kein Pfeil durchdringender sein.
Verwahret die Fenster und Riegel –
ich breche nicht Stäbe noch Siegel
und komme doch überall plötzlich herein.

Franz Brentano

Wenn man mich sieht, so sieht man mich nicht,
Sieht man mich nicht, so sieht man mich.

Mein Gesicht
Ist geschmückt mit fremdem Licht.
Schmückt mich nicht das fremde Licht,
Siehst du nicht mein Angesicht.

Drei Starke sah ich, rat mir das,
Die schafften ohne Unterlaß.
Der eine sprach: »O wäre es Nacht!«
Der andre: »Wär der Tag erwacht!«
Der dritte sprach: »Nacht oder Tag,
Keine Ruh ich jemals haben mag.«

Es spricht der große Alexander:
Vier Brüder reisen miteinander;
Der eine läuft und wird nicht matt,
Der andre frißt und wird nicht satt,
Der dritte säuft und wird nicht voll,
Der vierte pfeift und klingt nicht wohl.

Heulend kommt die erste nur heran,
lächelnd weinen steht der zweiten an;
doch das ganze will uns mehr bedeuten,
als Geheul und Weinen ohne Lachen;
darum rat ich euch, beizeiten
– eh es nahet – euch davonzumachen.

Friedrich Schleiermacher

Mit fünfen komm ich, die Blätter zu rühren;
du findst mich an Stahl und Eisen mit vieren;
mit dreien bin ich ein goldenes Tor;
mit zweien warn ich vor Horchers Ohr.

Friedrich Kind

Der vom Himmel fällt,
der die Fässer hält,
wenn die Traub es ist,
die die Fässer schwellt.

Friedrich Rückert

Ich falle vom Himmel
Zu wirren Gewimmel,
Ich schimmre
Und flimmre
Und decke das Land,
Zahllos wie der Sand.
Doch unversehens im Sonnenschein
Schleich ich
Und weich ich

Und schlüpf ich ins Dunkel der Erde hinein.
Und bist du des andern Morgens erwacht,
Bin ich spurlos verschwunden
Wie der Dieb in der Nacht.

Friedrich Güll

Draussen steht ein weisser Mann,
Der sich niemals wärmen kann.
Wenn die Frühlingssonne scheint,
Schwitzt der weiße Mann und weint;
Er wird klein und immer kleiner.
Sag, was ist das wohl für einer?

Es schnaubt und heult die Straß' herauf
Und hat doch keine Lunge;
Es leckt den Schnee wie Butter auf
Und hat doch keine Zunge.

Friedrich Rückert

Die erste ist erquickend, wenn's
So fällt um den August herum.
Die zweite kühlet übrigens
die Glut der Erde auch nicht dumm,
Das ganze wirft per Konsequenz
Im Winter gern die Leute um.
Von Rausch und Wein
Soll gleichwohl nicht die Rede sein.

Johann Peter Hebel

Ein Vorhang aus Luft
und Duft
gewoben,
und wie der Wind
geschwind
zerstoben.
Was ist es?

Friedrich Güll

Still empfangen im zarten Keime,
Tritt es hervor in des Himmels Räume,

Und es formt sich zur blühenden, schönen Gestalt,
Und die Gottheit segnet's mit heiliger Weihe,
Daß es im Drange der Zeiten gedeihe,
Und es reift mit des Wesens dunkler Gewalt.

Zwar muß es endlich vergehn und erkalten,
Und sinken muß es zur greulichen Nacht.
Doch strahlt es vergnügt durch des Grabes Spalten
Im neuen Frühling mit seliger Pracht.

Liest du es rückwärts: ein Kind der Erde,
Umarmt es die Mutter mit trüber Gebärde,
Still widerstrebend dem frühen Strahl.
Und wie des Mädchens rosige Wangen
Ein Schleier umflattert mit zartem Verlangen,
So webt es sich innig um Berg und Tal.

Doch glühender wächst die Flamme der Sonnen,
Und es fliegt zerstreut durch das bläuliche Haus.
So ist das Rätsel zur Klarheit zerronnen,
Sprichst du der Deutung Zauberwort aus.

Theodor Körner

Was ist das?
Wenn es regnet, wird es naß;

Wenn es schneit, wird es weiß;
Wenn es friert, ist es Eis.

Ich mache hart, ich mache weich;
Viel mach' ich arm, doch weit mehr reich.
Man hat mich gern
Nicht allzunah und nicht zu fern:
Zu nah wird alles von mir aufgezehrt,
Und alles stirbt, wo man mich ganz entbehrt.

Bin ich am Dache, so heiß' ich ein Dieb;
Bin ich im Ofen, so hast du mich lieb.

Wer läuft mit dem Flinksten um die Wette
Und liegt zur selbigen Zeit im Bette?
Wer ist bald hier und ist bald dort
Und bleibt doch stets an demselbigen Ort?

Otto Sutermeister

Es ist die wunderschönste Brück,
Worüber noch kein Mensch gegangen.
Doch ist daran ein seltsam Stück,
Daß über ihr die Wasser hangen
und unter ihr die Leute gehen
Ganz trocken und sich froh ansehen.
Die Schiffe segelnd durch sie ziehn,
Die Flügel sie durchfliegen kühn.
Doch stehet sie im Sturme fest,
Kein Zoll noch Weggeld zahlen läßt.

Öffnet, morgenrotumschimmert,
weit der Tag das goldne Tor,
kommt, erquickt vom langen Schlafe,
es aus dem Versteck hervor.

Und es reckt sich und es dehnt sich,
streckt gemächlich seine Glieder,
und es labt sich und es lehnt sich,
wirft sich lang zur Erde nieder.

Doch wenn weiter dann und weiter
rasch auf seiner Stufenleiter

steigt empor der helle Tag,
zieht vor seinem Flammenblicke
es allmählich sich zurücke,
flieht die Stelle, wo es lag.

Dann, nach dumpfer Mittagsschwüle,
lockt allmählich es der kühle
Abend weiter in das Land,
bis nach blassen Dämmerstunden
leise es, dem Blick entschwunden,
wieder seine Ruhe fand.

Friedrich Schaefer

Ich wandle mit dir Tag und Nacht,
Im Sonnen- und im Mondenschein.
Auf leichten Sohlen schleich ich sacht
Bald vor dir her, bald hinterdrein:
Hinab ins Tal, hinan den Berg,
Bald wie ein Ries, bald wie ein Zwerg.

Friedrich Güll

Ich bin ein scheues Ding und rede
freiwillig auch nicht einen Laut;
doch Antwort steh ich, all und jede,
dem, der sein Fragwort mir vertraut.

Otto Sutermeister

Die Schöpfung hat nur einen,
doch jeder Schöpfbrunn seinen.

Friedrich Rückert

V.

SILBEN-SPIEL UND WORTKASKADEN

Die erste findet ihr in jeder Schar.
Ade! so ruft die zweite immerdar
den Scheidenden, wenn sie uns lieb gewesen.
Das ganze habt ihr eben jetzt gelesen!

Johann Peter Hebel

Kleinste Zeit in kleinster Zeit –
genügt das zur Unsterblichkeit?

Franz Brentano

Zweisilbig ist's im Nu entflohn,
doch setztest du in seine Mitte
dies Wörtchen als der Silben dritte,
ist's ewiger Verdienste Lohn.

Paul Heyse

Ein Schmerz, ein Ausruf und ein ewig Nein
wird stets der Grund von aller Freundschaft sein.

Franz Brentano

Wohl dir, wenn man dich fragt,
ob eins, auch an dir nagt,
und du, der Wahrheit treu,
erwidern kannst zwei, drei,
dann ist in schönem Frieden
die ganze dir beschieden.

Paul Heyse

Das erste Getränk, ein sonderbar Gemisch;
ob ihr's auch geistig nennt, es macht den Geist nicht frisch.
Geistvoll mit größerm Recht das zweite wird benannt,
wenn Pindars Schwan sich wiegt entrückt dem niedern Land.
Des ganzen geistger Pfad führt in verborgne Tiefen
und spüret Schätze auf, die sonst wohl ewig schliefen.

Franz Brentano

Wenn mit tausendfältigen Gewinden
sich der Kunst geheime Ordnung webt
und das Paar in selgen Labyrinthen
durch des Tanzes lange Reihen schwebt,
steht der ersten Silbe Pracht entfaltet,
wenn ein Zeichen doppelt sich gestaltet.

Doch als Gott dem Volk einst zugeschworen,
es zu führen in ein glücklich Land,
was es da sich sinnend auserkoren,
zu verschließen seiner Worte Pfand,
daß es still das Heiligtum bewahre,
nennt sich dir im letzten Silben-Paare.

Was die Welt Erhabnes nur erzähle,
wie das Herz des Schicksals Macht bezwingt,
jede Großtat einer edlen Seele,
wenn der Kraft die kühne Tat gelingt:
sei's, was, von Begeisterung entzündet,
dir des ganzen hoher Sinn verkündet.

Theodor Körner

Das erste wird geschlagen,
das zweite wird getragen,

und im ganzen
muß man tanzen.

Theodor Körner

Ein alter König mit Eselsohren
hat plötzlich Kopf und Fuß verloren,
so daß er wie ein Mädchen hieß.
Und dieses – weh dem schwachen Weibe! –,
es gab sein Herz hin aus dem Leibe
und selbst nun wie ein Esel schrie's.

Otto Sutermeister

Die erste Silbe

Ich stamme von rauhem Geschlecht, ich bin
So alt als die nährende Erde,
Ich bin's, die am Haupte der Kaiserin
Wie im Staub gefunden werde.
Oft bin ich groß, oft bin ich auch klein,
Groß bin ich von kleinerem Wert,
Klein löst man oft mit vielem Golde mich ein,
Nachdem mich die Kunst verklärte.

Aus mir entsproßte das Menschengeschlecht,
Nachdem sich die Gottheit versöhnte,
Mit mir hat David die Kühnheit gerächt,
Mit welcher ihn Goliath höhnte.
Und ohne mich würde wohl niemals der ruf
Von Phidias' Ruhme erschallen;
Mich schlägt das Roß mit eisernem Huf,
Auch bin ich schon einmal vom Himmel gefallen.

Die zweite Silbe

Euch ist doch ein ehmalig Bistum bekannt,
Daß meinen Namen getragen,
Ich ward von eines Königs Hand
Zum fränkischen Reiche geschlagen,
Das mich bis jetzt noch behauptet hat:
Ihr kennt doch das Bistum? Ihr kennt doch die Stadt?

Das Ganze

Ich nenn einen Mann, den mein Erstes ernährt,
Und der es auch bildet, so wie ihr's begehrt;
Es weichet das Erste des Eisens Gewalt
Und formet sich zu der verlangten Gestalt.

August Graf von Platen

Ich drin, es vorn, er hinterdrein –
so ist es sicher. Siehst du's ein?

Otto Sutermeister

Mein erstes ist nicht wenig,
ein zweites ist nicht schwer,
mein Ganzes läßt dich hoffen,
doch täuscht es manchmal sehr.

Paul Heyse

Willst ungeteilt fünf Laute du behalten,
Ein Götterwohnsitz lacht dir zu,
Ein Bergeshaupt, voll himmlischer Gestalten. –
Den ersten trenne, setzt ein u
Am dritten Ort: schnell wird das Bild erkalten,
Ein Anruf dringt hervor im Nu,
Der nur an einen Menschen kann ergehen,
Dem jenes Ganze nie wird offenstehen.

Friedrich Theodor Vischer

In das Herz des größten Weltbezwingers
setze du hinein,
und es wird der größte Leidensüberwinder
bezeichnet sein.

Friedrich Schleiermacher

Lateinisch ist mein Rätselwort;
doch hört man es auch hier und dort,
als wär es deutsch, im deutschen Lande;
dann ist's ein Mann vom Ehrenstande,
vor dem, wenn er dem Volk sich zeigt,
sich mancher wohl in Demut neigt.
Ein Zeichen nun hineingeschoben –
hört man's von jedem Wiener loben;
den Kopf geändert – wird's ein Schlund
und eines Feuerdrachen Riesenmund.

Wilhelm Hauff

Es steckt so ziemlich männiglich am Bein,
doch ohne S im Kartenspiel allein;

noch T weg, dann sind nicht nur beiden Ohren,
nein, dann ist schon der ganze Kopf verloren.

Otto Sutermeister

Mit dem E ist's silbergleich,
mit dem I das Himmelreich,
mit dem O gar mild und weich.

Theodor Körner

Mit dem A ist's reich an Woll,
mit dem I ganz sternenvoll,
mit dem U macht's Pferde toll.

Theodor Körner

Nur kleine Dinge sind's, doch voller Leben.
Ein Laut davor, und süße Töne beben.
Noch einer, und das ganze deckt im Nu

geheimnisvoll dir ringsum alles zu.
Keck nimmst du drauf den Schleier weg – doch nein,
sonst blickst du erst ins bare Nichts hinein.

Otto Sutermeister

Mein Ganzes nennt dir fabelhafte Wesen
Von zwergichter und häßlicher Gestalt;
In jenem Ort, in welchem wir verwesen,
Ist ihr beständger Aufenthalt.

In alter Sprache stehn, willst du den Kopf mir stehlen,
Zwei Silben vor dir da, die keinem Menschen fehlen;
Nimmst du auch diesen Kopf, erscheint
Dir eine Vorbedeutung, Freund!

August Graf von Platen

Eins glänzt aus manchem Auge dir
und glänzt am sonn'gen Himmelszelt;
Zwei ist des freien Mannes Zier;
Eins-Zwei ein grauser Märchenheld.

Otto Sutermeister

Sonderbare Erscheinung

Es kommt vom Zahn des großen Tiers.
Ein Traum, den ich geträumt,
worin mit Elfen ich die Zeit versäumt,
er sagte in der Mehrzahl mir's.

Karl Kraus

A, E, I, O, U sind da,
hab nur acht, wie es gescheh'.
Froh hält sich's im Bett mit A,
traurig in dem Glas mit E.
Doch mit I laß ich es messen,
hilft doch weder
Kunst noch Leder,
gut zu machen solch Vergessen.
Schreib's mit O! ein starker Fresser
hat dem Fleische ganz entsagt,
während anderseits nicht besser
ihm die Pflanzenkost behagt.
Doch zum Schluß füg ich hinzu:
dehnst du dich
so sehnst du dich,
daß du's bald gedehnt mit U.

Franz Brentano

Ein eßbarer Zahn?
Ein zweibeiniger Kahn?
Der beste Stand?
Der größte Fant?
Die schönste Nuß?
Der wärmste Kuß?

Otto Sutermeister

Nun rate wie wir heißen:
mit einem R von Eisen,
mit einem S von rotem Pech,
mit einem T von blankem Blech,
mitunter, wie mit Z, von Ton,
ich glaube gar, du weißt es schon.

Friedrich Güll

Man schnürt, versiegelt, nagelt, streicht
bei mir auf Papp' und Leim.
Doch ändre mir den Ton nur leicht,
so schmücket mich der Reim.

Franz Brentano

Rate, was ich hab vernommen.
Es sind achtzehn kleine Gesellen zur
Welt gekommen.
Von Angesicht gar säuberlich,
Keiner doch dem andern glich,
All' ohne Fehler und Gebrechen,
Nur konnte keiner ein Wort sprechen;
Und damit man sie sollte verstehn,
Hatten sie fünf Dolmetscher mit sich gehen.
Das waren hochgelehrte Leut':
Der erst' erstaunt, reißt's Maul auf weit,
Der zweite wie ein Kindlein schreit,
Der dritte wie ein Mäuslein pfiff,
Der vierte wie ein Fuhrmann rief,
Der fünfte gar wie ein Uhu tut.
Damit erhoben sie ein Geschrei,
Füllt noch die Welt, ist nicht vorbei.

Es ist nicht in Spanien,
Sondern in Oranien;
Es ist nicht in Wien,
Sondern in Berlin;
Es ist nicht im Main,

Wohl aber im Rhein;
Es ist nicht in Meißen,
Wohl aber in Preußen;
Es ist kein Dorf so klein,
Dies Ding muß drinnen sein.

Ich bin ein Ding, bald groß, bald klein,
Wohl überall zu Hause:
Bei dem Gebet im Kämmerlein
Wie bei dem größten Schmause.
Im Reichtum klein und groß in Ehr,
Leb' ich doch stets im Jammer.
Im Ballsaal bin ich nimmermehr,
Doch in der Ständekammer.
Beim Exerzieren vorne dran,
Bei der Parade hinten,
Bin bei der Frau nicht, noch beim Mann,
Doch in der Eh' zu finden.
Den Trunk, o nein, den lieb' ich nicht,
Ich häng' nur an der Flasche.
Was starrst du fremd mir ins Gesicht?
Du hast mich in der Tasche.

Mein Ganzes hat die ersten beiden
gern überall, bekommt sie oft
von dem und jenen unverhofft
und trägt sie hoch und unbescheiden,
weil gänzlich ihm der Schatz gebricht,
um den wir Sokrates beneiden,
und den – beinahe zu bescheiden –
nur halb die dritte Silb' ausspricht.
Meint ihr, es kränke sich darüber?
O solchen Schatz entbehrt es gern!
Dafür verdient es, nah und fern,
sich für die ersten manchen Stüber.

August Gottlob Eberhard

Freund, werfen einst mit freundlich-süßem Glanze
die lieben ersten dir die dritte zu,
so fasse kühn und mutig schnell das ganze –
denn sonst entflieht es dir im Nu.

Theodor Körner

Mich selbst hat niemand noch gesehn;
doch hört und sieht man leicht mich gehn;

es kündet auf gemessner Bahn
sich Schritt für Schritt mein Dasein an.
Indem du nachdenkst, wer ich sei,
bin ich entronnen und vorbei.

Otto Sutermeister

Die erste strömt von Anbeginn
der Welt bis an ihr Ende hin.
Die zweit und dritt entscheiden,
im blinden Augenblick oft über Reu und Freuden.
Das ganze
ist eine Pflanze.

Johann Peter Hebel

Wenn du es sagtest, wärest du nicht klug.
Wenn du es hättest, wär's mehr als genug.
Wenn du's entbehrtest, wärst du nicht glücklich,
wenn du es wünschtest, wär es nicht schicklich.
Wenn du es glaubtest, wärst du zum Spott,
wenn du es könntest, wärst du ein Gott.

Franz Brentano

Oft bin ich der Menschen einziges Wissen,
der Große gibt sich mit mir nur ab;
Mich zu erzeugen sind viele beflissen,
wer mich hat, kommt an den Bettelstab.
Wer mich denkt, hat vieles verbrochen,
auch der Stocktaube hörte mich gehen.
Der Stumme selbst hat mich angesprochen,
und der Blinde hat mich ganz deutlich gesehn.
Man erhält mich gratis und ohne Geld;
ich bin der Urstoff der ganzen Welt.

Theodor Körner

Wohl hör ich mich nennen von jedem Mund,
wohl strebt man nach meinem Besitze,
oft kämpft man um mich auf dem Erdenrund,
verlangt mich mit tötendem Blitze;
doch selten nur hab ich die Welt beglückt,
weil selber sie stets sich den Kopf verrückt.

Mich liebet das Tier, das im Walde lebt,
mich preist das Gefieder der Lüfte,
ich bin's, der den menschlichen Geist erhebt
zum Höchsten, trotz Fesseln und Grüfte,

denn wer mich liebend im Busen trägt,
wird nimmer zum knechtischen Joch bewegt.

Sag an, was erhöhet des Menschen Wert,
von edeler Tugend geboren;
wie heißt das Kleinod, vom Mann geehrt,
jedoch für den Buben verloren,
wie heißt der Funken, die Götterkraft,
die ewige Wahrheit und Freuden schafft?

Friedrich Hebbel

Ich bin das heilig-schöne Land der Träume,
Ein frommer Glaube hat mich aufgebaut,
Im ewgen Frühling blühen alle Bäume,
Der Odem Gottes weht durch meine Räume
Und Gottes Wort, das liebend mich betaut.
Und was sich gläubig fromm das Herz gedichtet,
Hat keines Spötters Lästerspruch vernichtet.

Doch wandelt sich die Ordnung meiner Zeichen,
Hemm ich die Welt in ihrem Riesenlauf;
Gott und der Ewigkeit nur darf ich weichen,
Was Leben heißt, muß meine Hand erreichen,

Was Leben heißt, löst meine Allkraft auf.
Ich schweb um den Wechselflug der Horen,
Der Nacht werd ich im Tageslicht geboren,
Dem Tage in der Nacht – kurz, alles, was sich regt,
Kennt mich; drum, Rätsel, still, auch deine
Stunde schlägt.

Friedrich Rückert

VI.

DIE RÄTSEL DER TURANDOT

Kennst du das Bild auf zartem Grunde?
Es gibt sich selber Licht und Glanz.
Ein andres ist's zu jeder Stunde,
Und immer ist es frisch und ganz.
Im engsten Raum ist's ausgeführet,
Der kleinste Rahmen faßt es ein;
Doch alle Größe, die dich rühret,
Kennst du durch dieses Bild allein.

Und kannst du den Kristall mir nennen?
Ihm gleicht an Wert kein Edelstein;
Er leuchtet, ohne je zu brennen,
Das ganze Weltall saugt er ein,
Der Himmel selbst ist abgemalet
In seinem wundervollem Ring –
Und doch ist, was er von sich strahlet,
Oft schöner als was er empfing.

Dies zarte Bild, das, in den kleinsten Rahmen
Gefaßt, das Unermeßliche uns zeigt,
Und der Kristall, in dem dies Bild sich malt,
Und der noch Schönres von sich strahlt –
Er ist das Aug, in das die Welt sich drückt,
Dein Auge ist's, wenn es mir Liebe blickt.

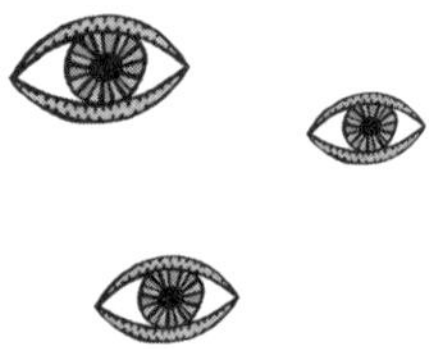

Wie heißt das Ding, das Wen'ge schätzen,
Doch ziert's des größten Kaisers Hand?
Es ist gemacht, um zu verletzen;
Am nächsten ist's dem Schwert verwandt.

Kein Blut vergießt's und macht doch tausend Wunden,
Niemand beraubt's und macht doch reich;
Es hat den Erdkreis überwunden,
Es macht das Leben sanft und gleich.

Die größten Reiche hat's gebaut;
Doch niemals hat es Krieg entzündet,
Und Heil dem Volk, das ihm vertraut!

Dies Ding von Eisen, das nur wen'ge schätzen,
Das Chinas Kaiser selbst in seiner Hand
Zu Ehren bringt am ersten Tag des Jahrs,
Dies Werkzeug, das, unschuldger als das Schwert,
Dem frommen Fleiß den Erdkreis unterworfen –
Wer träte aus den öden, wüsten Steppen
Der Tartarei, wo nur der Jäger schwärmt,
Der Hirte weidet, in dies blühende Land
Und sähe rings die Saatgefilde grünen
Und hundert volkbelebte Städte steigen,
Von friedlichen Gesetzen still beglückt,
Und ehrte nicht das köstliche Geräte,
das allen diesen Segen schuf – den Pflug?

Aus Perlen baut sich eine Brücke
Hoch über einen grauen See;
Sie baut sich auf im Augenblicke,
Und glänzend steigt sie in die Höh.

Der höchsten Schiffe höchste Masten
Ziehn unter ihrem Bogen hin;
Sie selber trug noch keine Lasten
Uund scheint, wie du ihr nahst, zu fliehn.

Sie wird erst mit dem Strom, und schwindet,
Sowie des Wassers Flut versiegt.
So sag, wo sich die Brücke findet,
Und wer sie künstlich hat gefügt.

Diese Brücke, die von Perlen sich erbaut,
Sich glänzend hebt und in die Lüfte gründet,
Die mit dem Strom erst wird und mit dem Strome schwindet,
Und über die kein Wandrer noch gezogen,
Am Himmel siehst du sie – sie heißt der Regenbogen.

Der Baum, auf dem die Kinder
Der Sterblichen verblühn,
Steinalt, nichtsdestominder
Stets wieder jung und grün;
Er kehrt auf einer Seite
Die Blätter zu dem Licht;
Doch kohlschwarz ist die zweite
Und sieht die Sonne nicht.

Er setzet neue Ringe,
So oft er blühet, an.
Das Alter aller Dinge
Zeigt er den Menschen an.
In seine grünen Rinden
Drückt sich ein Name leicht,
Der nicht mehr ist zu finden,
Wenn sie verdorrt und bleicht.
So sprich, kannst du ergründen,
Was diesem Baume gleicht.

Dieser alte Baum, der immer sich erneut,
Auf dem die Menschen wachsen und verblühen,
Und dessen Blätter auf der einen Seite
Die Sonne suchen, auf der andern fliehen,
In dessen Rinde sich so mancher Name schreibt,
Der nur, so lang sie grün ist, bleibt:
Er ist – das Jahr mit seinen Tagen und Nächten.

Unter allen Schlangen ist eine
Auf Erden nicht gezeugt,
Mit der an Schnell keine,
An Wut sich keine vergleicht.

Sie stürzt mit furchtbarer Stimme
Auf ihren Raub sich los,
Vertilgt in einem Grimme
Den Reiter und sein Roß.

Sie liebt die höchsten Spitzen;
Nicht Schloß, nicht Riegel kann
Vor ihrem Anfall schützen,
Der Harnisch lockt sie an.

Sie bricht wie dünne Halmen,
Den stärksten Baum entzwei,
Die kann das Erz zermalmen,
Wie dicht und fest es sei.

Und dieses Ungeheuer
Hat zweimal nie gedroht –
Es stirbt im eignen Feuer:
Wie's tötet, ist es tot.

Diese Schlange, der an Schnelle keine gleicht,
Die aus der Höhe schießt, die stärksten Eichen
Wie dünnes Rohr zerbricht, durch Schloß und Riegel dringt,
Vor der kein Harnisch kann beschützen,
Die sich im eignen Feuer selbst verzehrt –
Es ist der Blitz, der aus der Wolke fährt.

Es führt dich meilenweit von dannen,
Und bleibt doch stets an seinen Ort.
Es hat nicht Flügel auszuspannen
Und trägt dich durch die Lüfte fort.
Es ist die allerschnellste Fähre,
Die jemals einen Wandrer trug,
Und durch das größte aller Meere
Trägt es doch mit Gedankenflug,
Ihm ist ein Augenblick genug!

Dies leichte Schiff, das mit Gedankenschnelle
Mich durch die Lüfte ruhig trägt,
Sich selbst nicht von dem Ort bewegt,
– Das Sehrohr ists, das in die Ferne
Den Blick beflügelt bis ins Land der Sterne.

Ich drehe mich auf einer Scheibe,
Ich wandle ohne Rast und Ruh;
Klein ist das Feld, das ich umschreibe,
Du deckst es mit zwei Händen zu;
Doch brauch ich viele tausend Meilen,
Bis ich das kleine Feld durchzogen,
Flieg ich gleich fort mit Sturmes Eilen
Und schneller als der Pfeil vom Bogen.

Was schneller läuft als wie der Pfeil vom Bogen
Und, dreht sich's auch auf kleiner Scheib nur,
Doch viele tausend Meilen hat durchflogen,
Eh' es den kleinen Raum durchzogen –
Der Schatten ist es an der Sonnenuhr.

Wir stammen, unsrer sechs Geschwister
Von einem wundersamen Paar,
Die Mutter ewig ernst und düster,
Der Vater fröhlich immerdar.

Von beiden erbten wir die Tugend,
Von ihr die Mild', von ihm den Glanz;
So drehen wir uns in ewiger Jugend
Um dich herum im Zirkeltanz.

Gern meiden wir die schwarzen Höhlen
Und lieben uns den heitern Tag;
Wir sind es, die die Welt beseelen
Mit unsers Lebens Zauberschlag.

Wir sind des Frühlings lustge Boten
Und führen seinen muntern Reihn;
Drum fliehen wir das Haus der Toten:
Denn um uns her muß Leben sein.

Uns mag kein Glücklicher entbehren;
Wir sind dabei, wo man sich freut;
Und läßt der Kaiser sich verehren,
Wir leihen ihm die Herrlichkeit.

Die sechs Geschwister, die freundlichen Wesen,
Die mit des Vaters feuriger Gewalt
Der Mutter sanften Sinn vermählen,
Die alle Welt mit Lust beseelen,
Die gern der Freude dienen und der Pracht
Und sich nicht zeigen in dem Haus der Klagen –
Die Farben sind's, des Lichtes Kinder und der Nacht.

Ein Gebäude steht da von uralten Zeiten,
Es ist kein Tempel, es ist kein Haus;
Ein Reiter kann hundert Tage reiten,
Er umwandert es nicht, er reitet's nicht aus.

Jahrhunderte sind vorüber geflogen,
Es trotzte der Zeit und der Stürme Heer;
Frei steht es unter dem himmlischen Bogen,
Es reicht in die Wolken, es netzt sich im Meer.

Nicht eitle Prahlsucht hat es getürmet,
Es dienet zum Heil, es rettet und schirmet;
Seinesgleichen ist nicht auf Erden bekannt
Und doch ist's ein Werk von Menschenhand.

Dies alte fest gegründete Gebäude,
Das Stürmen und Jahrhunderten getrotzt,
Das sich unendlich, unabsehlich leitet
Und Tausend beschirmt – die große Mauer ist's,
Die China von der Tartarwüste scheidet.

Ein Bruder ist's von vielen Brüdern,
In allem ihnen völlig gleich,
Ein nötig Glied von vielen Gliedern,
In eines großen Vaters Reich;
Jedoch erblickt man ihn nur selten,
Fast wie ein eingeschobnes Kind:
Die andern lassen ihn nur gelten
Da, wo sie unvermögend sind.

Johann Wolfgang von Goethe

Der Sohn, der seinen vielen Brüdern
In allen Stücken völlig gleicht
Und dennoch nur in ihren Gliedern
Wie eingeschoben unterschleicht.
Was gleicht sich wie ein Tag dem Tage?
Es ist der Schalttag, den du meinst.

Friedrich Schiller

Nachwort

Raten Sie einmal: Was ist das? Es schärft den Verstand, fördert die Kombinationsgabe, vermittelt Wissen und macht auch noch Spaß – Das Rätsel ist des Rätsels Lösung.

Rätselraten gehört zu den archetypischen Vergnügungen und Gesellschaftsspielen, bis in unsere Zeit hinein: Rätselhefte haben Hochkonjunktur, in nahezu jeder Zeitung und Illustrierten finden sich Rätselseiten und die Quizsendungen im Fernsehen fesseln regelmäßig Millionen von Zuschauern.

Besonders originell sind die Rätsel der Dichter, gereimte Rätsel also. Rätsel-Spaß auf hohem Niveau – das Thema unseres Buches.

Ursprünglich dominierten im deutschen Sprachraum die Volksrätsel unbekannter Autoren: Zweizeiler oder Vierzeiler meist, wie aus dem Stegreif gedichtet, pfiffig und einprägsam. Der Ausdruck Volksrätsel gehört sinngemäß zu den von Johann Gottfried Herder geprägten Begriffen wie Volkspoesie, Volksballade oder Volkslied. Herder glaubte, das Volk als Kollektiv hätte die Werke geschaffen, doch seine Theorie vom »dichtenden Volksgeist« erwies sich als falsch. Nie hat »das Volk« einen Reim geschmiedet, nie ein Rätsel gereimt, immer war es der einzelne Dichter, der ein Werk schuf, mag auch sein Name unbekannt sein. Das Volk aber entschied, ob ein Werk untergeht – oder ob es sich von Mund zu Mund über den deutschen Sprachraum hinweg verbreitet. Und so entwickelten sich Volksdichtung, Volkslied, Volksballade, Volksrätsel.

Neben diesen beliebten und allgegenwärtigen Volksrätseln gab es früher noch vergleichsweise wenige und lokal begrenzte Rätsel namentlich bekannter Dichter, so etwa Georg Greflinger oder Hofmann von Hofmannswaldau, der, merkwürdig genug, unbekannt bleiben wollte und erst Jahrhunderte später durch Stilvergleiche mit akzeptabler Wahrscheinlichkeit als Autor enttarnt wurde. Sie schrieben teils recht originelle Rätsel, meist aber nur für den kleinen Kreis oder aus besonderem Anlass, für eine Hochzeit etwa. Die Dichter blieben mit ihren Werken im Schatten der Volksrätsel, sie wollten sich auch damit gar nicht messen. Denn: Rätsel seien »mehrenteils läppisch«, befand Johann Christoph Gottsched. Seine Kritik ist freilich weit überzogen und kennzeichnet die bekanntermaßen gallige Gemütsverfassung des großen Literaturtheoretikers, zeigt aber doch den allgemeinen Trend: dass die Rätseldichtung vor der Blütezeit deutscher Klassik wohl nicht zu den ernstzunehmenden Aufgaben eines Autors von Rang und Namen gehörte.

Das änderte sich, als ›Turandot‹ die deutsche Bühne betrat.

Turandot, eine persische Märchenprinzessin, so wird erzählt, war von solcher Schönheit, dass viele Prinzen um ihre Hand anhielten, auch wenn sie dabei ihren Kopf aufs Spiel setzen. Denn die Prinzessin gab jedem Freier drei von ihr ersonnene Rätsel auf – und ließ jeden köpfen, der sie nicht erraten konnte. Alle starben unter dem Henkersschwert, bis endlich Prinz Kalaf die Rätsel löste und Turandot zur Gemahlin bekam.

Dieses Märchen, seit ungewissen Zeiten mündlich überliefert, wurde Anfang des 18. Jahrhunderts in der Sammlung ›Tausendundein Tag‹ niedergeschrieben. Der venezianische Dichter Carlo Graf Gozzi las die Geschichte und machte daraus 1762 ein Märchenspiel im Stil der Commedia dell'Arte, das zahlreiche Autoren und Komponisten inspirierte, so etwa Giacomo Puccini zu seiner in China spielenden Oper ›Turandot‹.

Auch Friedrich von Schiller war von der männermordenden Märchenprinzessin gefesselt. Er bearbeitete Gozzis Drama für die deutsche Bühne und dichtete dafür kunstvoll durchstrukturierte, formvollendete Rätsel von ungewöhnlicher Länge, bis zu fünf Strophen. Nach der Uraufführung am 30. Januar 1802 in Weimar erfand Schiller für jede weitere Vorstellung neue Rätsel, insgesamt vierzehn, alle mit gereimten Lösungen. Einige dieser Lösungen gingen beim Brand des Weimarer Theaters 1825 verloren. Und so enthält unser Buch denn auch nur die Rätsel mit Lösungsreimen – und außerdem noch ein Rätsel, das Johann Wolfgang von Goethe seinem Freund Schiller geschenkt hat. Der dichtete dazu die Lösung und damit war ein neues Turandot-Rätsel für eine Vorstellung in Weimar gewonnen.

Schillers Turandot-Rätsel waren die Initialzündung für eine geradezu explosionsartige Entwicklung der Rätselliteratur im deutschen Sprachraum. Dichter von Rang wie

Johann Peter Hebel, Theodor Körner, Friedrich Rückert, Wilhelm Hauff, Friedrich Schleiermacher, Friedrich Güll, Hoffmann von Fallersleben und andere schrieben ganze Serien von Rätseln. Goethe ließ sich mitreißen, etwas maßvoller freilich, wie es sich ziemte für ihn. Er dichtete nur eine Handvoll Rätsel, so auch Heinrich von Kleist, August von Platen, Justinus Kerner, Emanuel Geibel, Friedrich Hebbel oder Ignaz Franz Castelli, später dann Paul Heyse, Karl Kraus, Otto Sutermeister, Gustav Theodor Fechner, Friedrich Schaefer und andere. Auf einmal galt es als ruhmreich, Rätsel zu dichten.

Stilistisch waren die Dichter von Schillers Turandot-Vorgabe beeinflusst. Zwar machten sie sich gelegentlich den Spaß, einen Zweizeiler oder Vierzeiler zu schreiben, wohl als Hommage an die Volkspoeten, überwiegend aber entwickelten sie ihre Rätsel über viele Zeilen und Strophen hinweg, kunstvoll im Aufbau, dramatisch in der Zuspitzung, stringent im Versmaß. Das Wort Kunsträtsel tauchte auf, analog zum Begriff Kunstballade, der Jahre vorher zur Abgrenzung von anonymen Volksballaden geprägt worden war.

Die Verschlüsselungstechniken der Dichter, die Metaphern, Allegorien, Querdenkereien, Irreführungen oder Salti rückwärts sind raffinierter und arabeskenreicher als bei den eher einfachen Volksrätseln, und gern jonglierten die Dichter mit Silben-Serien und Wort-Kaskaden. So war beispielsweise die Scharade sehr beliebt, auch Silbenrätsel genannt, weil eine Reihung von Silben zum Lösungswort führt: Viel – leicht – vielleicht. Beim Logogriph ergeben sich neue Wörter durch Ersetzen, Versetzen, Auslassen oder Hinzufügen eines Buchstabens: Last – List – Lust. Das Anagramm entsteht durch Buchstabenmix: Eden – Ende. Das Homonym ist ein Wort mit mehrfacher Bedeutung: Sichel – (Mond-)Sichel. Das Palindrom ergibt vorwärts und rückwärts gelesen dasselbe Wort oder ein Wort neuen Sinns: Reittier oder Roma – Amor.

Die Kombination von Dichtkunst und intellektuellem Ansporn faszinierte kultivierte Bevölkerungskreise, und zwar in solchem Ausmaß, dass man bald von einer Rätsel-Manie sprach. Rätselraten überall – in den Salons der Bildungsbürger und Aristokraten, auf den Dampfern der Rhein- und Donauschifffahrt, in den Postkutschen sogar, und vor allem natürlich in Wirtshäusern und Cafés. Dort entstand bei Rätselwettkämpfen solcher Radau, dass Gäste mit anderen Ambitionen wie Kartenspieler etwa verdrängt wurden und Ludwig Tieck, Dichter der Romantik, der nur essen wollte, laut protestierend den Mittagstisch in seinem Stammlokal verließ.

Kunsträtsel wie auch Volksrätsel wurden in Sammlungen veröffentlicht, in Gedichtbänden, in Jahrmarktheftchen oder Kalendern, später auch in Familienblättern, Zeitungen und Zeitschriften, die summa summarum Riesenauflagen ergaben und den deutschen Sprachraum mit Rätseln überfluteten. Je vehementer der Rätsel-Boom sich entwickelte, desto mehr Autoren unterschiedlicher Provenienz mischten dabei mit, desto schlechter wurde die Qualität, desto schneller versandeten hochkarätige Rätselreime im epigonalen Überangebot. Das verwöhnte Publikum sprang ab. Der

Verfall war unaufhaltsam. Seit Ende des 20. Jahrhunderts gehört die Rätseldichtung zu den versunkenen Schätzen.

Dieses Buch präsentiert nun eine längst fällige Auslese origineller und poesievoller Kunsträtsel, die zusammen mit vielen Volksrätseln einen Querschnitt durch die deutschsprachige Dichtung ergeben. Dem Leser wird literarisches Vergnügen geboten, Rätsel-Spaß, Anregung zu spielerischen Wettkämpfen und eine ganze Serie von Erfolgserlebnissen.

Zum Schluss muss noch das berühmte Rätsel vom ›Vogel federlos‹ erwähnt werden. – Dahinter steckt die Geschichte eines erhabenen Irrtums.

Es geht darum, dass in althochdeutscher Sprache keine Rätsel überliefert wurden, wohl aber die Vokabeln dafür: ratisca und ratussa. Also muss es althochdeutsche Rätsel geben, die verschollen sind. Aber wo?

Einige Forscher wähnten sich jählings auf der richtigen Spur, als ihnen das Rätsel vom ›Vogel federlos‹ gleich zweimal entgegenflog: aus einer lateinischen Handschrift des Jahres 900 und einem Nachdruck des Straßburger Rätselbuches von 1505. Die ins Auge springende Alliteration – das älteste Formprinzip des germanischen Verses – verführte sie zu einer hypothetischen Rückübersetzung ins Althochdeutsche und zu der wacker publizierten Behauptung, das sei das älteste deutsche Rätsel.

Indes, der hochgejubelte Wappenvogel deutscher Rätseldichtung landete nach einiger Schonzeit reichlich gerupft auf dem Boden der Tatsachen. Es erwies sich, dass Varianten des ›Vogel federlos‹ schon in Medizinbüchern des Marcellus von Bordeaux aus dem 4. Jahrhundert und des ägyptischen Hoftierarztes Abu Bekr Ibn Bedr aus dem 14. Jahrhundert zu finden waren, und zwar als Heilzaubersprüche von antiker und arabischer Tradition ohne Einfluss einer germanischen Abstammung.

Nach aktuell gültiger Meinung haben unbekannte Dichter im deutschen Sprachraum irgendwann und irgendwo Übersetzungen der Zaubersprüche gehört und zu Volksrätseln vom ›Vogel federlos‹ umgeschrieben. Eines davon hat den Ausleseprozess des Volkes überlebt – der heute weithin bekannte Vierzeiler:

Flog ein Vogel federlos
Auf einen Baum blattlos,
Kam die Jungfer mundlos,
Fraß den Vogel federlos.

Lösung gefunden? Wenn ja – Chapeau! Wenn nein – ist sie ganz am Ende der folgenden Seiten zu finden.

Walter Hansen

Der Rätsel Lösungen

9 Mensch
9 Gesicht mit Mund, Augen, Nase, Ohren
10 Augen
11 Auge
11 Nase
12 Lippen
12 Zähne
12 Zähne – Zunge
13 Aufschneider
13 Zunge
14 Ohr – Feige – Ohrfeige
14 Trommel – Fell – Trommelfell
14 Finger – Handschuh
15 I-a – Ja
15 Herz – Erz
15 Leben – Lieben
16 Last – List – Lust
16 Last – lest – List – lost – Lust
17 Fee – Nuss – Venus
17 Roma – Amor
18 Kuss
18 Die Zigarre
19 Jungfrau – Frau
20 Mitgift – Gift
20 Wiege
20 Ehe
21 Ehe – Wehe
21 Schloss – Schlüssel
22 Treue – Reue
23 Treue – Reue
23 Rose – Eros
24 Rittersporn
24 Vergiss – mein – nicht – Vergissmeinnicht
25 Ho – Kuss – Po – Kuss – Hokuspokus
25 Scharade – Schaden
26 Schönheit – Wahrheit – Güte
27 Hoch – Mut – Hochmut
27 Schild – Bürger – Schildbürger
28 Verstand
28 Harm – o – nie
29 Rat
30 Der Geist und die fünf Sinne: Sehen, Hören, Riechen, Schmecken, Tasten